Middelhauve Bilderbuch

Das alte Haus auf Hartkopsbever

Ein Bergisches Bilderbuch

Erzählt von Carola Lepping
Illustriert von Ilse Noor

Gertraud Middelhauve Verlag

Da steht das alte Haus auf Hartkopsbever. Es ist ein sehr schönes Haus. Seine Wände sind mit schwarzem Schiefer bekleidet. Es hat viele Fenster mit blitzend weißen Rahmen. Es hat grüne Fensterläden. Es steht in einem Garten, in dem violette Blüten über und über in dunkelgrünen Sträuchern wachsen. Da ist das weiße Gartentor, da ist der grüne Weg, und in der Laube mit dem roten Dach sitzt die Großtante und schreibt einen Brief: »Liebe kleine Nathalie, endlich ist es warm geworden. Der Rhododendron blüht. In der Weißdornhecke summen die Bienen. Sie kommen aus den Stöcken neben der Schule. Der Lehrer sagt, es gäbe ein gutes Bienenjahr. Eben haben Clarenbachs Kinder bei mir Ball gespielt. Sie grüßen Dich schön. Nun ist es still. Ich kann den Überlauf vom Beverwasser rauschen hören. Mein Rheuma ist weg, und darüber bin ich froh. Wenn Du hier wärst, würde ich uns eine große Kanne Kakao kochen, und wir würden in der Laube decken. Komm bald, kleine Nathalie, Deine alte Großtante möchte sehen, ob Du gewachsen bist.«

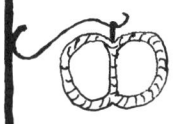Weit hat es die Großtante nicht vom alten Haus in die kleine Stadt. Unsere Stadt ist wirklich sehr klein, aber vielleicht geht es gerade deshalb so lustig und lebhaft in ihr zu: Frau Paffrath verkauft feinen Kuchen. Herr Pott ruft seine Äpfel aus. Auf dem Platz vor der Post, unter Hagers großer Kastanie, sitzen die alten Leute und erzählen ihre alten Geschichten. Es ist Frühling, und der Flieder blüht in allen Gärten. Die Abende sind jetzt so blau wie der Himmel in einem Bilderbuch. Aber unsere Stadt ist keine Bilderbuchstadt! O nein, die kleine Stadt zwischen den Bergen und das alte Haus auf Hartkopsbever, die sind wirklich auf der Welt.

 Wie grün ist unser Land im Sommer! Daß die Wälder und die Wiesen grün sind, das hatte man schon. Wenn aber in unserem Land der Juni zu Ende geht, ist selbst der Himmel grün.
Heute soll Nathalie nach Hartkopsbever kommen. Die Großtante hat sich auf den Weg gemacht zur Bushaltestelle am Tannenbaum. Sie wird zum Bahnhof fahren, um die kleine Nathalie vom Zug abzuholen. Osenbergs sind schon im Heu. Sie haben den großen Heuwender diesmal nicht dabei. Hier in den schmalen Wiesen am Damm nimmt Herr Osenberg gern seinen alten Braunen. Unter dem grünen Himmel kochen die Äpfel am Baum. Alle Finken und alle Amseln schlafen ein in der Wärme. Aber die weiße Wildtaube, die lacht und lacht im Ahornbaum.

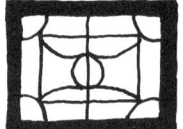 Rosafarben leuchtet das alte Schulhaus zwischen seinen schwarzen Balken. Das macht die Sonne in unserem grünen Land. Sie ist mit den Kindern im Bunde. Sie bringt die weißen Wände schon nach der dritten Stunde zum Glühen. Der Lehrer sagt dann: »Schluß für heute! Erst ins Heu, dann ins Wasser!« Und die Schulkinder laufen los. Bauer Nägelkrämer geht zu seinen Kühen. Der Zitronenfalter besucht die weiße Schafgarbe. Und Milli und Elli, die Zwillinge, tun nie, was der Lehrer sagt. Sie schaukeln und schaukeln und schaukeln – also, ihr sollt sehen, Milli und Elli, wenn ihr so weitermacht, werdet ihr bald nicht mehr wissen, ob denn die Sonne oben oder unten ist!

Ein Morgen in der kleinen Stadt: Die weißen Balken an den Häusern glänzen, es leuchten die grünen Fensterläden und Türen. Da kommt Nathaliens Freundin schon um zehn Uhr aus der Schule. Gab es hitzefrei? Nein, es ist wohl wegen Fräulein Erlensterz, der Lehrerin. Man sieht ja, sie liegt krank zu Bett.

 Oma Schlieper staubt wieder ihren Mop zum Fenster aus. Frau Schneppenstock, die Metzgerin, kann das gar nicht leiden. Aber heute wird sie nicht böse. Sie sagt nur: »Oma Schlieper ist fleißig!« Und kaum hat das alte Fräulein Lieschen in der Bongardstraße ihren Korb mit dem Portemonnaie und dem Zettel aus ihrem Fenster heruntergelassen, da steht schon jemand unten und geht für sie einkaufen. Hulda, Amanda und Maria, die drei Schwestern, haben den großen lilafarbenen Samthut fertig. Wie er leuchtet in ihrem Schaufenster!

 Natürlich hat unsere Stadt auch ein richtiges Schloß. Wenn man die Straße hinaufgeht, kann man im großen Saal die Ratsherren und den Bürgermeister, den Stadtdirektor und das Fräulein, das alles schreibt, in ihrer Sitzung beobachten. Abends ist oft Konzert im Schloß. Dann sind die langen Fenster erleuchtet, und man kann das Cembalo bis auf den Schloßplatz hören. Aber noch ist kein Abend. Vor dem frischgestrichenen Gartenhäuschen im Johannipark sitzen Opa Hager und Opa Häger. Sie haben heute ihre Rente gekriegt, und nun trinken sie ein Gläschen. Die weißen Dolden leuchten im Mottenbaum. Von ihrem Bett aus sieht das kranke Fräulein Erlensterz mitten hinein. Sie träumt. Sie träumt von einer wunderbaren kleinen Stadt – einer Stadt ohne Schule und ganz ohne Schulkinder!

»Fertig«, seufzt Tante Emmchen und steigt die Treppe herab. Es ist alles geputzt, bis hinten durch ist alles blank im alten Haus. Es ist gleich vier Uhr am Nachmittag, die große Uhr zeigt es. Hinter dieser Uhr im Kamin hat sich der Ururgroßvater vor dem Kaiser Napoleon, der Soldaten für seine vielen Kriege brauchte, versteckt. Marschall Ney, ein großer General des Kaisers, hat den Ururgroßvater im ganzen Haus suchen lassen. Da aber ist die Ururgroßmutter, die gerade alles fein geputzt hatte, die Treppe heruntergekommen und hat mit dem Marschall, der vergessen hatte, seine Stiefel abzuwischen, so laut und bitterböse geschimpft, daß der siegreiche Mann in großem Schrecken rückwärts das Haus verließ und nie mehr wiederkam. Wer weiß, für ihn war das alte Haus auf Hartkopsbever vielleicht ein Hexenhaus?

Tante Emmchen bleibt auf der Treppe stehen und sieht den blanken Flur. Die Steine sind geseift und gebohnert. Die Haustür steht auf, und auf der Schwelle sitzt eine große Amsel und rührt sich nicht. Nebenan in der Küche geht es vergnügt zu. Wenn Päule Blankenagel im Fenster lehnt und die Geschichte von olle Olga Scharwächter und dem Milljonenbuur erzählt – da könnt ihr euch denken, wie lustig alle sind!

Ganz still ist es in der guten grünen Stube. Weit stehen die Fenstertüren auf. Komm herein, Nathalie! Setz dich ins grüne Sofa und warte ein Weilchen. Gleich, du wirst sehen, werden sie dir, die Bilder und das Kännchen, die Vitrine und Tante Emmchen, werden sie dir erzählen.

 Dies ist die Wassermühle im Kretzerloch. Früher gab es viele Mühlen an unserem Fluß. Sie trieben die großen Walkhämmer. Und das ist sicher: Die Webstühle in unserer Stadt und die Walkhämmer in den Tälern webten und klopften und dichteten das feinste Tuch weit und breit. Nun liegen sie still, die Mühlen, und keinen Müller sieht man mehr. Den letzten, den ich sah, der wohnte allein. Wenn ich ihn besuchen wollte, das war seltsam, immer schaute er aus der Bodenluke heraus. Er rief: »Im Mühlenhaus, im Mühlenhaus sind außer den Katzen alle aus.« Dann eines Tages war er nicht mehr in seiner Mühle. Und auch die Katzen zogen aus. Ich weiß nicht, Nathalie, manchmal wünsche ich mir – es ist schwer zu sagen – ja, was wünsche ich mir denn?

 Osenbergs Kühe sind nun im Stall, und die Vögel fliegen fort aus unserem Land. Die Wasserrusche am Beverdamm ist sehr laut geworden seit heute nacht. Gleich ist der Nachmittag zu Ende, und es wird großer Nebel sein. Dann gibt es keine Farben mehr, weder blaue, noch grüne, noch violette. Frau Wüster hat Eier geholt. Im Stall ist es schön warm. Aber hier draußen ist es nun richtig kalt. Auf dem Kartoffelacker sind Clarenbachs Kinder und Nathalie dabei, ein Feuer anzuzünden. Sie wollen frischausgemachte Kartoffeln backen. Hoffentlich gelingt es ihnen, bevor es dunkel wird und sie ins Haus müssen. Die große Eule sitzt schon auf dem Baum. Und dies weiß man: Wenn der alte Uhu aus dem Kretzerloch sein Nest verlassen hat, dann ist die Nacht nicht mehr fern.

Nicht jedes Jahr ist Winter in unserer kleinen Stadt, aber kommt der Winter in unser Land, selten vorher, selten nachher hat man einen so schneeweißen Schnee gesehen. Wie der Schnee treibt, wie das alte Haus fast in ihm versunken ist! Gleich wird der rote Fuchs über das Dach der Gartenlaube spazieren! Die Großtante hat in der Küche den Teig angerührt. Weißt du, was sie tun wird? Waffeln wird sie backen. Läute rasch, Nathalie, zieh fest an der Glocke neben der Tür, daß wir noch ins Haus kommen, ehe es ganz im schneeweißen Schnee versunken ist.

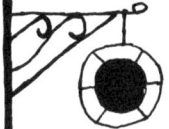 Herr Stahlschmied, der Wirt zur Sonne, sperrt die Haustür auf und begrüßt seine Gäste. Frau Stahlschmied hat die Gaststube geheizt und bringt Wärmeflaschen in die Betten. Heute nacht kommt großer Frost, Förster Mühlenbein sagt das. Er muß es wissen, er hat die Tiere im Walde besucht. Läuer, die alte Dohle, kümmert das nicht. Sie weiß den Einschlupf in den warmen Heuboden.
Wie gut, daß ihr alle da seid im alten Haus auf Hartkopsbever, in unserer kleinen Stadt, in unserem schönen Land. Denn nun findet niemand mehr den Weg. Wie sollte man auch? Es gibt ja keine Schlittenpferdchen mehr!

1. Auflage
Broschierte Sonderausgabe
1. bis 16. Tausend
(c) Copyright 1970 Gertraud Middelhauve Verlag GmbH & Co. KG, Köln
Alle Rechte beim Verlag
Druck und Verarbeitung Ernst Uhl, Radolfzell
Printed in Germany 1981
ISBN 3 7876 9119 7 / Bergische Ausgabe: ISBN 3 7876 9120 0